Ajasta aikaan

Ajasta aikaan

Kertomuksia ja runoja

Paavo Räisänen

Olen julkaissut aiemmin BoD:in kustantamana useita kirjoja.
Kirjailija sivuni: www.kirja-lakka.com

© 2024 Paavo Räisänen
Kustantaja: BoD – Books on Demand, Helsinki, Suomi
Valmistaja: BoD – Books on Demand, Norderstedt, Saksa
ISBN: 978-952-80-8254-5

Sisällysluettelo

Luvut:

Totuus …. 7

Hän säätää ja hallitsee …. 17

Sateenkaaren suoja …. 27

Musiikki-runo esitysteni sanoja …. 37

Käärmeen syyte …. 65

Ilmestyskirjan Pyhät …. 75

Suuret vedet täyttivät maan …. 85

Rauhan minä jätän teille …. 95

Totuus

Jumala

ja Hänen Sanansa on totuus

sillä Hänessä ei ole vilppiä

Hänen armonsa on totta

sen uskovalle

suuri on Hänen rakkautensa

Hänen tuomionsa on oikea

ja lakinsa totta

Kääntykää

ja palvelkaa Herraa!

Sataa vettä

Jumala tiputtaa kyyneliään maan päälle

katsoessaan ihmiskuntaa

joka matkaa kohti kadotusta

pieni on pelastettujen joukko

virvoittava on sade

luomakunnalle

uskovainen

näkee ilon kyyneleet

Vapahtajastaan

joka antoi henkensä

vuoksemme

Jumala sanoo Raamatussa Paavalin kautta: "laki on hyvä". Sillä laki puhuttelee synnistä ja osoittaa synnin synniksi. Jos laki ei saa puhutella ihmistä ja herättää synnintuntoa, ihminen joutuu kuoltuaan synnissä kadotukseen. Jumala on armollinen ihmistä kohtaan ja nuhtelee häntä hänen eläissään, jotta syntinen kääntyisi teistään ja tekisi parannuksen. Laki ei kuulu uskovaiselle, jolla on armo opettajana.

Jumalan laki ja kova puhuttelu on lopulta Jumalan armoa syntistä kohtaan. Saatana tuomitsee ihmisen siitä synnistä, minkä itse sai aikaan ja sitoo kahleisiinsa, eikä päästäisi irti. Jumala armossaan puhutellee kovemmin ja tuomitsee synnin ja syntielämän ja tarjoaa armoa ja syntien anteeksiantamusta ja särkee synnin kahleet ja vapauttaa synnin orjat.

Ihmisessä on liha ja henki, kuten Galatalaiskirje kirjoittaa. Ihmisen liha on turmeltunut ja se ei ole tehnyt parannusta. Lihasta ei nouse vain huoruus, vaan myös esim. epäjumalanpalvelus, noituus, eripura ja kaikki riidat. Epäjumalanpalvelus johtaa helposti harhaoppiin. Oikeaa lähimmäisenrakkautta on rakastaa totuudessa ja varoittaa ja puhutella synnistä.

Raamattu sanoo: "jokainen henki, joka tunnustaa Kristuksen lihaan tulleeksi, on Jumalasta". Kaikki eivät kuitenkaan pidä Jumalan Sanaa. Monet vääristävät Kristuksen persoonan ja olemuksen. He eivät siis aidosti tunnusta Jeesusta sellaisena, kuin Hän ilmoittaa itsensä Sanassaan. On antikristuksen henki, joka valheella tunnustaa Kristuksen, ottaakseen hengellisen vallan ja antikristus ja hänen henkensä palvelee pimeyden voimia. Raamatun mukaan, joka tunnustaa Kristuksen, pitää Hänen Sanansa. Jeesuksen oikean persoonan tunteminen ja tunnustaminen ovat opin ja uskon kannalta olennaisia seikkoja.

Käärme pyytää lupauksia

pettää kaikki

Hänelle ei tarvitse olla uskollinen

valehtelija on käärme

sillä hän vain viettelee

yrittää saada ansaan

"loukkoon"

pettääkseen

käyttääkseen hyväksi

minkä käärmeelle lupaat

hautaa

unohda

Hän säätää ja hallitsee

Syntiinlankeemuksen seuraus on, että miestä ikuisesti vaivaa hänen himonsa, mistä hän ei voi päästä eroon ja on asiassa mahdottoman edessä. Ihmisen kuuluu kuolettaa hengellä lihan töitä ja uskoa armoevankeliumi. Naista vaivaa ikuisesti käärme, joka hänet kerran Paratiisissa petti, eikä hän täysin voi vapautua siitä, mutta hänenkin on taisteltava sitä vastaan.

baal on yksi saatanan olomuoto, kuten antikristuskin. Profeetat kukistivat monta kertaa baalin palvonnan, mutta hän rakensi alttarinsa uudelleen. Lopulta Jeesus otti hänestä voiton, mutta pahuus jäi elämään. baal pakeni pimeyteen ja on elänyt siellä pitkään salassa. Hän on aiheuttanut mm. jonkin verran tiedossakin olevia Keskiajan paheita, kun vaikuttivat vampyyrit ja muut vastaavat. Vampyyri ei ollut yliluonnollinen henkiolento, eikä häntä oikeasti ole ollut olemassa, vaan hän oli seksuaalihäirikkö ja murhaaja, josta levisi pimeitä juttuja. Kun viihdemaailma nousi, baal muutti jälleen kerran muotoaan ja tuli pimeistä loukoistaan esille ja alkoi vaati aikoinaan menettämäänsä valtaa takaisin.

saatanan karja

laiduntaa laitumella

käärme huutaa, kiemurtelee

saatanan oma hoilottaa

he sanovat sitä musiikiksi

saatanan temppelimusiikkia

se on

hänen palvontaansa

ansa

kadottava

kuoleman laakso

kadotuksen hauta

Kadotettujen saattue

huvi iltana

saatana on pakottanut heidät

loukoistaan

kohti luoliaan

on pimeys

synnin pimeys

Mitä ovat kadotetut? Ei maan päällä ole kadotettuja. On vain kadotukseen matkaavia syntisiä. Syntiteiltä voi tehdä parannuksen ja siirtyy sielunvihollisen vallan alta Kristuksen valtakuntaa Hänen armostaan osalliseksi.

He kuuluvat yhteen

ja rakastavat toisiaan

mutta vihollinen ei usko sitä

haluaa erottaa

Moni vetoaa silloin

sosiaaliseen esteeseen

joutuisi luopumaan liiasta

pelastaakseen liiton

Jumala asetti liiton elinikäiseksi

avioliitto on Pyhä

Rakastava liitto

on oikea kasvupaikka lapsille

avioero koskettaa pahiten

lapsia

Jumala hallitsee luonnonvoimia

Hän säätää luonnonilmiöt

Hänen ovat

yön ja päivän vaihtelut

pimeyskin on Jumalan oma

sillä myös yö

ja pimeät säät

ovat käsialaa Herran

Sateenkaaren suoja

Hän makasi huoruuden vuoteella

luuli käsittävänsä totuuden

mitä hän käsitti

käärmeen salaisuuden?

Hän luuli, ettei menetä tekoaan

Jumalan enkeli kurkotti

mitä jäi jäljelle

huoruuden vuoteesta

He tekivät huorin

sateenkaaren suojissa

he eivät ymmärtäneet

kuinka sateenkaari toi tuomion

"ei enää vedellä,

vaan tulella"

Jumalan Sana on kuluttavainen tuli

tuomio on

aikain lopussa

"Siunatkaa, älkääkä kirotko,

siunatkaa niitä,

jotka teitä kiroavat."

"Rakastakaa vihollisianne."

Jotkut vihaavat vihollista

langettavat Jumalan kirouksen

koska laskevat väärään rauhaan

eivät varoita Jumalan tuomiosta

helvetistä

joka heitä odottaa

Oikea Jumalan rakkaus

puhuttelee synnistä

Sota on Jumalan rangaistus

helvetti odottaa

epäuskossa kaatujaa

Kun sotilas painaa liipaisinta

hänen kuuluu rakastaa vihollistaan

toteuttaa sotilaan tehtävän

jonka Jumala määräsi

puolustaa isänmaata

pelkurin palkka sodassa

on kadotus

hän ei pitänyt

Jumalalle antamaansa

sotilasvalaa

He kulkivat saatanan viitoittamaa tietä

se vei hänen luoliinsa

valot välkkyivät

saatana lauloi

piru tarjosi lientään

heidän hautakivessään

oli jo

käärmeen

ja saatanan oman

teksti

basson jytke

notkutti polvia

hekuma heidän himonsa

hetkellinen

huoruus tanssilattialla

heidän halunsa

loppu ei surutonta pelota

saatana antaa

omillensa paatumisen rauhan

On Jumalan Valtakunta

”kuin hakomaja yrttitarhassa,

tai hävitetty kaupunki”

kuten on kirjoitettu

vioilla ja virheillä peitetty

salattu maailmalta

kauneus avautuu

vain sisältäpäin

Musiikki-runo esitysteni sanoja

Nämä videot on musiikin kanssa julkaistu YouTube kanavallani, jolle on linkki kotisivultani www.kirja-lakka.com

Kirje

Harhaoppia vastaan
taistelivat jo apostolit
oli Kristillinen kirkko
jo alkuaikoina vietelty
harhaopit rehoittivat

Ilmestyskirjan kirjeet
seurakunnan enkeleille
gnostilaisuus
eriseurat
oppiristiriidat

Himo on ihmisen lihassa
tarvitaan evankeliumia
syntien anteeksiannon saarnaa
puhdistavaa lähdevettä

Pyhän Hengen lähteistä

Käärme levittää syntiä

saa sitä aikaan

tuomitsee synnistä

menetti tuomiovaltansa

ristin Voittoon

Jeesuksen ansiotyöhön

Armon Sana kaikuu

yli maan piirin rientää

Herran seuraajat

matkalla

Viemään Sanaa pelastavaa

Näetkö lähimmäisen

vierelläsi

vai ainoastaan kohteet

kaukaiset

Ei synnin unta saa antaa nukkua

vierellä kulkijan

Sana koskettaa jokaista

puhuttelee, virvoittaa

"Ei minun Sanani tyhjänä palaa,

se joko pahentaa, tai parantaa"

Kuule jo kutsu

tule kotiin takaisin

Sillä kaikki lapset

syntyvät Siionissa

Hänen nimessään

"Ilman veren vuodatusta,

ei ole yhtään,

syntien anteeksisaamista."

opettaa Raamattu

Uhriveri vuoti

edestä synteimme

Käski Jeesus saarnata

parannusta

Hänen nimessään

vain Hänen nimessään

on syntien sovitus

anteeksianto

Veriylkä loisti

päällä ristin

verestä punaisena

Hän rakkaudesta helotti

lämmitti Isän sydäntä

Hän mieltyi Poikaansa

Jeesuksen nimi

on vahva turvamme

kun vihollinen ahdistaa

"Herran nimi on

vahva linna"

Sovinto Isän edessä

on veri

nimi Jeesuksen

Ei muuta nimeä

ole annettu

pelastukseksi

Jätti Jeesus sovintoviran

Pyhän Hengen lahjan

avainten vallan

omilleen

Hänen seuraajansa

on kansa Siionin

Tapanintanssit

Tapaninpäivä
Kristikunta muistelee
Uuden Liiton
ensimmäistä marttyyriä
Stefanusta

Saatanan luolassa
hämyisät valot palavat
tanssin pyörre
kun saatana vaatii
Stefanuksen uudelleen
kivisateeseen

Huorien silmät
kiiluvat
Himosta palaa

partneri

"Joko Stefanus,

on uudelleen kivitetty"

Kuoli Stefanus

kuin Mestarinsa Jeesus

synnin tähden

koska ihmiset eivät luopuneet

himosta

sattui hänen saarnansa

Käärme yhä vaatii

äärelle himon

ei kunnioita avioliittoa

odottaa tuomiotaan

väistämätöntä

Vielä Jumalan kansa

kutsuu kansaa himojen

synnin orjia vapauttaa

Nimessä Jeesuksen

pesee Uhriveri

katuvan synnistä

Veriylkä

Saatanan lähetys

pyörii hänen vastaanottimessaan

maailman Veriylkä

tarjoaa katsottavaa

herättää himoa

tarjoaa nautintoa

ajallista

Huorien makeat äänet

sutenöörien viekas kieli

tuovat nautintoa

synnillistä

hekumassa elävää

Katsoo moni

saatanan orja

lähetystä jatkuvasti

palvoo näin Veriylkäänsä

ei pelastusta saa

Sielulle tuottaa vahingon

maailman Veriylkä

johtaa tielle kadotuksen

pitää orjana synnin

Kristus nousee

yhä hautansa takaa

ojentaa kätensä pelastavan

aito Jumalan Karitsa

Veriylkä

joka pelastuksen

tarjoaa

synnistä vapahtaa

Ovat Herran palvelijat

päällä maan

tarjoavat uhriverta

sovinnoksi synnistä

anteeksiantoa

synnin juoksusta

Suvijuhlat

Koittaa Suviseura lauantai

päivällä ovat kaikuneet puheet

ravitsevat

Sielua ruokkivat

puhuttelevat

voimallista on Jumalan puhe

palvelijoidensa kautta

Koittaa ilta

ehtoollisen aika

pitkät ovat Herran kansan

jonot alttarille

Tunnelma on harras

Pyhä

Nautitaan leipä ja viini

Jeesuksen

meidän Vapahtajamme

ruumis ja veri

uskon vahvistukseksi

Jossain raiskaajain julma lauma

viettää bailujaan

Ei tunne sanaa Herran

himo on heidän halunsa

ainut

elämässä

Koittaa loppuilta

Suviseuroissa Nuortenilta

bailuissa aletaan olla

umpihumalassa

himo alkaa siitä

"Ja kun himo on siinnyt,

se sytyttää synnin"

Koittaa aika levon

hyvä on Herrassa

päänsä levolle painaa

toiset makaavat

bailujen jälkeen

huoruuden vuoteella

Jumalan kansa

nauttii rauhaa Herran

Rauhan maailman

antaa valheen ruhtinas

perkele

pimeyden valtias

Koittaa Sunnuntai aamu

hyvä on herätä

uuteen päivään

sen joka Herran rauhassa

silmänsä illalla ummisti

Joskus koittaa ikiuni

aamu ei valkenekaan

koittaa tuomio

Päivää autuasta

odottaa uskovainen

toivossa

uskossa elämästä nauttien

Lähetyskäsky

"Jos sinä uskot"

vastasi Filippos hoviherralle

"Joka uskoo ja kastetaan,

pelastuu"

Siis ensin usko,

sitten kaste

Pieni lapsi

perisynnistä osallinen

on Kristuksen lunastama

pelastettu

uskovainen

jo äidin kohdussa

"Minä tunsin sinut,

jo äitisi kohdussa"

"Joka ei usko kuin lapsi,

ei pelastu"

Kasteen uupuminen

ei kadota

Mutta uskon puuttuminen

kadottaa

uskon lahjan voi menettää

synnin

harhaopin seurauksena

Kastetta ei saa väheksyä

se on hyvän omantunnon

liitto

Jumalan edessä

"Menkää kaikkeen maailmaan.

Kastakaa heitä minun nimeeni.

Opettakaa."

Hyväntekijä

"Autuaita ovat hyväntekijät"
ovat hyvät teot
uskon hedelmä
halu palvella lähimmäistä
jakaa omastaan

"Usko ilman hyviä töitä,
on kuollut"
"Hyvä puu kantaa,
hyvät hedelmät"
usko synnyttää rakkauden
lähimmäiseen
palvelumielen

Monen lähimmäinen kaukana
ei näe veljeä vierellään

vie Sanaa kaukomaihin

unohtaa vierellään olevan

synnissä nukkuvan

saatana tekee työtään

hän kerää joukkoaan

jotka autuutensa

hyvien tekojen varaan

rakentaa

Kertoo Jeesus viimeisestä

tuomiosta

Heistä jotka hyviin tekoihinsa

vetoavat

"Minä en tunne teitä"

Sillä ihminen on syntinen

himo hänen lihassaan

Eivät hyvät teot pelasta

vaan usko päivittäiseen

syntien anteeksi uskomiseen

Evankeliumi on yksin

armosta

"Ei hyvistä töistä,

ettei yksikään kerskaisi"

Kristuksen ansiotyö

on pelastuksemme

Tarvitsee ihminen jatkuvasti

Evankeliumia

sillä synti tarttuu päivittäin

hetkittäin

Jeesuksen veri

korjaa haavoja

Lähimmäisenrakkaus

Lähimmäisenrakkaus

suurin käsky

Jumalan rakastamisen ohessa

välttämätön

Uskon kannalta

saatana vihaa

lähimmäisenrakkautta

se on muuttanut

Raamatun ilmoituksen

siihen vedoten

saatana ei tunnusta syntiä

haluaa estää

siitä puhuttelun

vihaa parannussaarnaa

haluaa kaikki

kanssaan kadotukseen

Jumala vihaa syntiä

vaatii siitä puhuttelun

rakastaa syntistä

haluaa kaikkien pelastuvan

armoa tarjoaa

Kuin tunteista jaloimman

rakkauden

saatana on ottanut käyttöönsä

tehnyt seksuaalisviritteisen

niin se saastuttaa

lähimmäisenrakkauden

rakkauden teologia

ei lähde Jumalasta

Sanoo Raamattu:

"Sen sielun, joka syntiä tekee,

pitää kuoleman"

Ei ihminen tämän ajan

kestä kuulla tuomiotaan

tee parannusta

Vuosituhansia on saarnattu

Kristuksesta

pieni on joukko

pelastettujen

Harhaoppi on vienyt

kansan enemmistön

Yhä tarjotaan parannussaarnaa

kaikuu Siionin Vuorelta ääni:

"tulkaa ja ostakaa,

ilman rahaa ja hintaa"

mutta moni tahtoo maksaa pelastuksensa

omilla töillään

saatanan ansa

ahdas portti ei kelpaa

Ei sammu veren ääni

ennen kuin ovet suljetaan

joko kohta kasassa on

joukko pelastettujen?

Käärmeen syyte

Käärmeen syyte

Mies istui TV:n äärellä katsomassa myöhäisillan rakkauselokuvaa. Mies oli hyvässä päättävässä virassa. Juuri, kun elokuva päättyi, puhelin soi. Käärme soitti.

–Sinä olet tehnyt kanssani huorin, käärme syytti.

–Enhän minä, mies vastasi. –Tässä olen istunut iltaa vaimoni kanssa TV:n äärellä.

–Sinä olet katsonut häpeääni elokuvassa. Jeesus sanoi, että jo himokas katse on huorinteko.

Miehen oli tunnustettava.

–Minä vaadin nyt tasa-arvon ja että lapsille aletaan opettamaan koulussa kertomaani seksuaalikasvatusta, käärme vaati

Miehen oli myönnyttävä.

Papin ongelma

Papilla oli ongelma. Hänen puheilleen oli tullut mies, joka sanoi olevansa syvästi rakastunut lehmään ja eli jo hänen kanssaan parisuhteessa. Mies halusi kirkkohäät. Pappi oli ennenkin vihkinyt kirkkojärjestyksen vastaisiin avioliittoihin ja ei tiennyt mitä tehdä. Sitä hän lähinnä kovasti mietti, oliko lehmä riittävän sisäsiisti, että sen voi laskea kirkkoon alttarille. Toisaalta pappi ei olisi halunnut kieltää keneltäkään hänen syvää rakkauttaan.

Keskustelu

Kaksi naista istui puiston penkillä. Toinen oli kadotuksen lapsi, mutta hyvässä virassa, niin kunnolla elänyt. Toinen oli uskovainen perheenäiti, joka aina valitti huonouttaan. Kadotuksen lapsi aloitti: –Kun te tuomitsette.

–Jeesus kehoitti varoittamaan katumattoman syntisen kohtalosta.

–Kyllä minä olen sitä kuullut. Minulle on kerrottu, että helvetissä ei koskaan ole kylmä ja pakkanen vaivaa.

–Suuri on teidän uskonne, kotiäiti virkkasi. –Tämä on totta. Siellä yhdessä saatanan ja hänen enkeleidensä kanssa on ikuinen lämpö, helvetin tulessa ei kukaan palele.

–Juuri sinne haluan, kadotuksen lapsi totesi. –Täällä ajassa kun saan nauttia elämästä ja menestyä, siinä on elämäni. Loppuni olkoon helvetin tuli. Sitä ette voi minulta riistää.

Syntiinlankeemus

Paratiisissa oli jo paljon ihmisiä. Ja hän lepäsi Paratiisin puun alla, kun käärme luikerteli kohti Eevaa. Ja hän näki, kuinka käärme ovelasti alkoi vietellä. Hänen teki mieli varoittaa Eevaa vaarasta, mutta hän ei tohtinut, vaan vaikeni. Niin käärme sai toteutettua juonensa. Ja tuli Aadam ja hänkin lankesi. He piiloutuivat ja Jumala käyskenteli Paratiisissa ja huuteli ihmisparia, jotka oli luotu ensimmäisenä. Tuli tuomio. Niin hänkin tuli Aadamin synnistä osalliseksi, sillä Aadamin lankeemus oli niin suuri, että kaikki ihmiset tulivat siitä jo sikiämisessä osallisiksi ja kaikki ihmiset karkoitettiin paratiisista. He saivat kuitenkin lupauksen Jumalan Pojasta, joka sovittaa synnin ja tähän lupaukseen uskoen ja siitä osallisina he lähtivät taivaltamaan maan päällä.

Oikea rakkaus

on rakastaa totuudessa

tähän Raamattu kehoittaa

varoittaa vihollista

synnin vaaroista

odottavasta tuomiosta

synnin palkasta

Uskottoman palvelijan palkan

kertoi Jumala

Hesekielen kautta

Joka ei varoittanut lähimmäistä

hänen syntiteistään

"hänen verensä vaadin sinun kädestäsi"

Hän oli verissään

tuskissaan ristillä

ja näki saatanan kaatuvan

käärmeen pään murskautuvan

ja pimeydessä kuului huuto

"se on täytetty"

synti oli sovitettu

tehtävä täytetty

"Isä,

sinun käsiis minä annan henkeni"

sotilaat laskivat ruumiin ristiltä

Hänet haudattiin kalliohautaan

kolmantena päivänä

ylösnousemus

kuolema oli voitettu

Ilmestyskirjan Pyhät

Jotkut vihaavat lähimmäistään

antavat Jeesuksen kirota hänet helvettiin

synnin tähden

sovittamattoman

koska elävät itse synnissä

eivät ole armon lapsia

eivät ole nöyrtyneet

omasta synnistään parannukseen

ovat hempeitä

eivät puhuttele synnistä

edes virkansa velvoittamana

ovat kelvottomia palvelijoita

joille Jeesus kerran sanoo

"menkää pois te kirotut,

sinne vaivaan,

mikä on valmistettu perkeleelle

ja hänen enkeleilleen"

Ilmestyskirjan Pyhät huutavat:

"kuinka kauan et kosta meidän vertamme"

koittaa aika tuomion

Pyhät saavat kostonsa

armon kaupan ovet ovat kiinni

saapuu Ylkä loistossaan

pasuuna soi

ja idän taivas aukeaa

aukenevat haudat

hajonneet ruumiit nousevat

ylösnousemusruumiina

tuomiolle

viimeiselle

Varjonen maa

lahoavat ruumiit kedolla

kuoleman laakso

missä saatana asustaa

Kristus ajoi hänet loukkoonsa

voitti kuoleman vallan

surkea on loppu

saatanan omien

"Älkää tuomitko"

Jeesus on tuomari

joka tuomitsee viimeisenä päivänä

katumattomat helvettiin

tuomiosta mahdoton valittaa

katuminen ei enää auta

Uskovaisen osa täällä ajassa

on varoittaa synnin vaaroista

tulevasta tuomiosta

Joka vaikenee tuomiosta

hänen käsistään vaaditaan

kadotetun veri

Kuten Hesekielen kautta

Jumala ilmoitti

Käärme pyöri lavalla

sähköt soi kitaran

joku ajatteli hänen laulavan

mutta hän esitteli

vain makeaa porton kieltään

viettelevää

himo herää kuulijassa

vaatii täyttymyksen

tulee yö

synnin yö

tulee aikojen loppu

tuomio

"Kun himo on siinnyt,

se sytyttää synnin"

saatanan säveltämä musiikki

lyö himon lihaan

ajaa huoruuden tielle

jotta himo saisi täyttymyksen

kadotuksen ansa

viritetty

Käärme syyttää

vihapuheesta Kristittyä

käärmeen kieli on makea

katala

saa aikaa riitaa ja eripuraa

kaikki on verhottu

vapaaseen seksiin

vapaa seksi tuo vihan

liitot hajoavat

tulee hylättyjä

harhateillä kulkevia

käärmeen ansa

Hän oli taistellut paljon

hävinnyt ja voittanut

tuli päivä

jolloin hän oli voittanut taistelunsa

hän lepäsi

hän lepäsi rauhassa arkussaan

hänen sielunsa oli jo kotona

minne hän oli kaivannut

taistelu oli tauonnut

oli vain rauha

ja ikisuvi

Suuret vedet täyttivät maan

Muistan heidät

he odottivat kuolemantuomiotaan

selleissään

Jumala oli ottanut

heidän kuolemanpelkonsa pois

he lauloivat kiitoslauluja

Herralle

odottaessaan tuomion täytäntöönpanoa

sillä heillä oli parempi osa edessä

ja heidän kielensä oli täynnä kiitosta

siitä hyvästä maasta

minkä he kohta perisivät

Elia ja hänen kokemuksensa

Hän makasi väsyneenä kedolla ja sulki silmänsä. Ja hän vajosi syvälle ja syvälle ja syvälle Kristuksen pimeyteen, joka on pimeämpi kuin saatanan pimeys ja hän tunsi olonsa turvalliseksi ja antautui sille. Ja hän oli yhä neitsyt poikamies. Ja tuli Herran enkeli ja muutti hänet ja hänen lihansa profeetan, miehen, lihaksi synnittömästi.

Mies ja Jesajan näky

Hän makasi kedolla taivasalla. Ja hän näki Jesajan näyn. Seraphit. Ja Jesaja oli uskovainen nuorimies, joka oli langennut syntiin, neitsyt, mutta hirveissä synnin tuskissa. Hän näki, kuinka Jesajalle tarjottiin armoa ja tehtävää, mutta ohjattiin odottamaan, että uskovainen mies, pieni profeetta tulee hänen luokseen saarnaamaan synnit anteeksi ja vahvistamaan tehtävän, sillä Jumala ei anna niitä näyssä. Mutta näky oli vahva ja mies pyysi armoa, ettei kestä sen kirkkautta, sillä sen voi nähdä vain se, jonka silmät Jumala on valmistanut sen näkemään, yksikään ihmissilmä sitä ei pysty katsomaan ja siksi mies tunsi kuolevansa Jumalan kirkkauteen ja pyysi armoa, että näky lakkaisi.

Mies ja Hesekielen näky

Hänelle näytettiin avoin ovi ja huone. Ja huoneesta loisti pyhä kirkkaus. Ja mies pyysi Jumalalta armoa, ettei kestä nähdä sitä ja näky lakkasi. Hän makasi sängyssään. Ja näky täytti viereisen huoneen. Sen pyhyys ja kirkkaus oli valtava. Kuinka Hesekielelle näytettiin hänen näkynsä, valtavat, luut kedolla ja kaikki muu. Mutta mies ei kestänyt katsoa sitä, vaan hän pyysi Jumalalta jälleen armoa, ettei hänen silmänsä kestä näkyä, ja Jumala armahti häntä ja näky lakkasi.

Suuret vedet täyttivät maan

sillä oli rajuilma

Ja hän lähti ratsastamaan kohti aamun koittoa

sillä hänellä oli tehtävä

Ja ukkonen jyrisi

salamat tippuivat ja löivät hänen eteensä

mutta hänellä oli tehtävä

ja hänen oli mentävä

Ja oli vain vesi ja suuri meri maan päällä

ja Herran henki

kävi vetten päällä tulisen miekan kanssa

ja hänellä oli tehtävä

mutta hän pelkäsi

ja hänen tehtävänsä nimi oli

"kuolemassa on voittosi,

tuska koko elämäsi"

Nuori Mooses

Hän makasi kedolla väsyneenä, paettuaan Egyptistä. Ja hän oli neitsyt poikamies ja Herran kirkkaus ympäröi hänet. Ja hän tunsi olevansa kahden Jumalan kanssa, ilman välimiestä Jeesusta ja hirvein mies maan päällä, sillä Herran voima valtasi hänet. Ja Jumala lupasi kertoa hänelle totuuden oikeudenmukaisuudestaan ja persoonastaan. Ja Mooses ei kestänyt sitä, vaan pyysi armoa, ettei hänen tarvitse kuulla sitä.

Adamin ja Eevan pojanpoika

Enos

ensimmäinen saarnaaja

alkoi saarnata Herran nimessä

oli saanut kuulla

käärmeestä

Lupauksesta

"Kerran tulee,

käärmeen pään rikkipolkija"

lupaus

kantoi Vanhan Testamentin

uskovaisia

Rauhan minä jätän teille

Kansa huutaa:

"saarnatkaa meille suloisesti"

he eivät kestä Jumala totuutta

ihminen ei ole hyvä

syntinen hän on

hänen lihansa turmeltunut

himo on hänen halunsa

Kristuksessa

hänen ainut pelastuksensa

Jeesus sanoi:

"Rauhan minä jätä teille,

oman rauhani minä jätän teille"

Hän jätti marttyyrikuolemat

ei rauhaa maailman seassa

Hän jätti tunnon rauhan

ei kuolema ole kaiken loppu

vaan uskovaiselle

iäisen elämän

taivasosan alku

"Et sinä salli sinun pyhäs näkevän turmelusta"

uskovaisen elämä on yhtä turmelusta

turmelusta oman mielen

ja lihan takia

turmelusta maailman pahuuden takia

mutta uskovaisen loppu ei ole turmelus

se on autuas osa taivaassa

Uskovainen saa olla turvallisella mielellä

mitä tapahtuukin

enkeli kulkee hänen vierellään

ja jos kuolema kohtaa matkalla

enkeli kantaa hänet

Isän tykö taivaaseen

Jumalalla on hyvä tahto

pelastaa kaikki

varoittaa synnistä

kun on vielä armon aika

tulee yö

synnin yö

armon aika voi mennä ohi

kiiruhda luokse Jeesuksen

kun aika armon on

"Älkää olko lapset taidossa,

vaan olkaa lapset pahuudessa"

vain lapsenomaisella uskolla pelastuu

mutta totuudessa ei kuulu olla lapsellinen

aikuisen on kannettava vastuu

aikuisen on ymmärrettävä

että kaikki eivät ole ystäviä

ja pahuus on olemassa

Elämä on kuolemista

pimeitä laaksoja

syntiä

ja epätoivoa

mutta Kristuksessa

meillä on uusi elämä

voitto sodasta

kuolemasta

Hän on kuoleman voittanut

lahjoittaa elämän

Kauhujen laakso

pimeys

on tie synnissä kulkijan

hekuma

tuo ahdingon

Kristus on pelastus vaivasta

hän on voittanut

helvetin kauhut

Kuolema

sen valta on viety

Kristitty on kuin lammas

valmis teuraalle

Kuolemalla ei ole valtaa

omaan Kristuksen

portin takana

odottaa uusi elämä